什麼味道香香的？

作　　者　MaMaMia
主　　編：王衣卉
行銷主任：王綾翊
全書設計：兒日設計

總 編 輯　梁芳春
董 事 長　趙政岷
出 版 者　時報文化出版企業股份有限公司
　　　　　108019 臺北市和平西路 3 段 240 號

發行專線　（02）2306-6842
讀者服務專線　0800-231-705・（02）2304-7103
讀者服務傳真　（02）2304-6858
郵撥　19344724　時報文化出版公司
信箱　10899 臺北華江橋郵局第 99 信箱
時報悅讀網　http://www.readingtimes.com.tw
電子郵件信箱　yoho@readingtimes.com.tw
法律顧問　理律法律事務所 陳長文律師、李念祖律師
印刷　勁達印刷有限公司
採環保大豆油墨印製

定價　新臺幣 380 元
出版日期　2024 年 2 月 16 日

什麼味道香香的？/MaMaMia文.繪. -- 初版. -- 臺北市：
時報文化出版企業股份有限公司, 2024.02
48面 ; 21×24公分
國語注音
ISBN 978-626-374-941-2(精裝)
1.SHTB: 動物--3-6歲幼兒讀物

863.599　　　　　　　　　　　　　113001253

ISBN 978-626-374-941-2

時報文化出版公司成立於一九七五年，並於一九九九年股票上櫃公開發行，
於二○○八年脫離中時集團非屬旺中，以「尊重智慧與創意的文化事業」為信念。

編輯導讀

如果你家住了一隻鼠鼠烘焙大師，每天都開著他的小火車四處送他的小麵包、小餅乾，你會感到害怕還是希望跟他做朋友呢？

《什麼味道香香的？》繪本中，鼠鼠烘焙師和他的家人們世世代代都住在一座大房子裡，但是房子裡不但有人類，還有一大群鄰居——貓咪，他們比鼠鼠大上好幾倍，也是鼠鼠的天敵。

這天，為了探險尋找新路徑的迷路鼠鼠烘焙師，不小心遇上了貓咪們，那有多可怕呀！？但是沒想到，貓咪們不但沒有吃掉他，而且還跟鼠鼠烘焙師成為朋友，因為媽媽告訴貓咪，不可以欺負弱小，也不能隨便吃來路不明的東西，真的是聽話的好貓咪呢！

而為了報答貓咪的好意，鼠鼠烘焙師烤了自己最擅長的吐司送給貓咪吃，成為好鄰居、好朋友，也瞭解到了，原本覺得害怕的對象，其實並沒有想像中那麼可怕呢！

只要你願意踏出冒險的第一步，就會發現這個世界充滿了許多奇妙的事物。如果你也願意伸出友誼的手，或許還能交到更多意想不到的好朋友唷！

什麼味道香香的？

MaMaMia

文·繪

鼠鼠烘焙師，
餅乾、蛋糕、麵包都難不倒他。
他和爸爸媽媽和爸爸媽媽的爸爸媽媽……
一直住在一座有著漂亮花園的房子裡，
已經好多好多年了。

只是，這裡也住著許多貓咪。
鼠鼠烘焙師要把做好的麵包送給同伴，
好像沒有那麼容易呢！

「嘿ㄏㄟ嘿ㄏㄟ～今ㄐㄧㄣ天ㄊㄧㄢ我ㄨㄛ要ㄧㄠ找ㄓㄠ一ㄧ條ㄊㄧㄠ
更ㄍㄥ安ㄢ全ㄑㄩㄢ的ㄉㄜ路ㄌㄨ線ㄒㄧㄢ，雖ㄙㄨㄟ然ㄖㄢ不ㄅㄨ
簡ㄐㄧㄢ單ㄉㄢ，但ㄉㄢ還ㄏㄞ好ㄏㄠ我ㄨㄛ夠ㄍㄡ厲ㄌㄧ害ㄏㄞ，
一ㄧ直ㄓ都ㄉㄡ沒ㄇㄟ有ㄧㄡ被ㄅㄟ任ㄖㄣ何ㄏㄜ貓ㄇㄠ發ㄈㄚ
現ㄒㄧㄢ過ㄍㄨㄛ喔ㄛ！」

出_{ㄔㄨ} 發_{ㄈㄚ} ——

「香噴噴！揉——揉！我愛烤土司——」

咦～？什麼味道香香的？

「香ㄒㄧㄤ噴ㄆㄣ噴ㄆㄣ！塗ㄊㄨ——塗ㄊㄨ！我ㄨㄛ是ㄕ烘ㄏㄨㄥ焙ㄅㄟ師ㄕ——」

又ㄧㄡ⋯⋯聞ㄨㄣ到ㄉㄠ了ㄌㄜ⋯⋯
是ㄕ好ㄏㄠ吃ㄔ的ㄉㄜ味ㄨㄟ道ㄉㄠ，喵ㄇㄧㄠ～

好ㄏㄠˇ像ㄒㄧㄤˋ是ㄕˋ
麵ㄇㄧㄢˋ包ㄅㄠ的ㄉㄜ味ㄨㄟˋ道ㄉㄠˋ呢ㄋㄜ！

趕𝗀快𝗄來𝗅找𝗓找𝗓看𝗄吧𝗅！

喵𝗆～

好𝗁香𝗑喔𝗈，喵𝗆～

找_{业么}到_{为么}了_为！

14

「香ㄒㄧㄤ噴ㄆㄣ噴ㄆㄣ！揉ㄖㄡ—一揉ㄖㄡ！我ㄨㄛ愛ㄞ烤ㄎㄠ土ㄊㄨ司ㄙ—」

「香ㄒㄧㄤ噴ㄆㄣ噴ㄆㄣ！塗ㄊㄨ—一塗ㄊㄨ！我ㄨㄛ是ㄕ烘ㄏㄨㄥ焙ㄅㄟ師ㄕ—」

「香ㄒㄧㄤ噴ㄆㄣ噴ㄆㄣ！烤ㄎㄠ—一烤ㄎㄠ！貓ㄇㄠ咪ㄇㄧ也ㄧㄝ要ㄧㄠ叫ㄐㄧㄠ我ㄨㄛ大ㄉㄚ師ㄕ—」

「吱ㄓ！吱ㄓ吱ㄓ！吱ㄓ吱ㄓ吱ㄓ！」

「今天真是好日子！」
「沒有看到那些貓咪呢！」
「找到安全路線了，回家囉！」
「吱！吱吱！吱吱吱！」

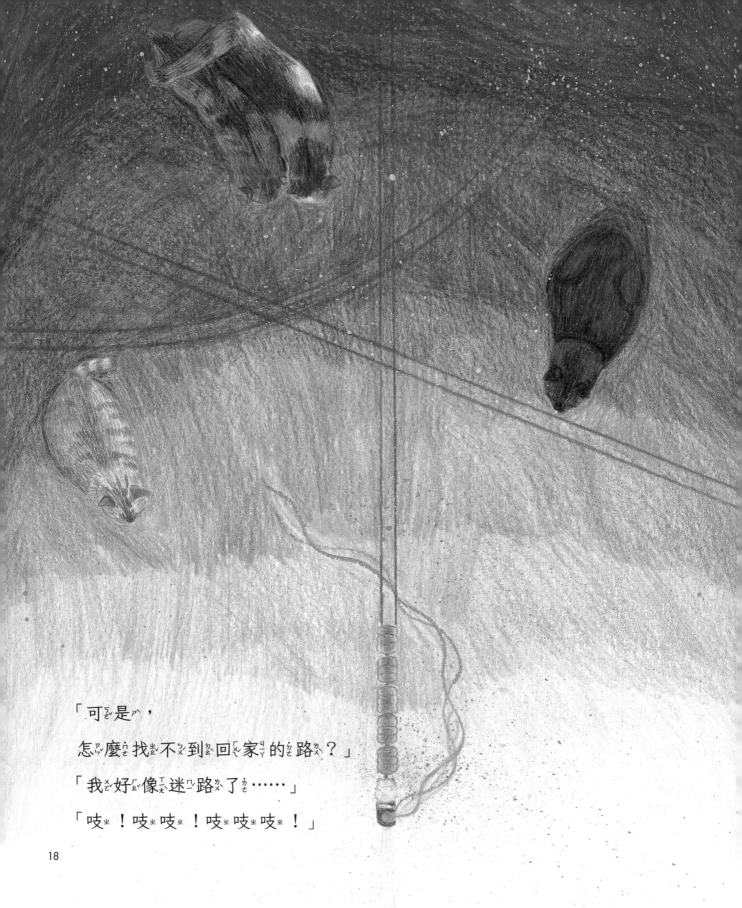

「可ㄎㄜˇ是ˋ，
怎ㄗㄣˇ麼ㄇㄜ˙找ㄓㄠˇ不ㄅㄨˋ到ㄉㄠˋ回ㄏㄨㄟˊ家ㄐㄧㄚ的ㄉㄜ˙路ㄌㄨˋ？」
「我ㄨㄛˇ好ㄏㄠˇ像ㄒㄧㄤˋ迷ㄇㄧˊ路ㄌㄨˋ了ㄌㄜ˙……」
「吱ㄓ！吱ㄓ吱ㄓ！吱ㄓ吱ㄓ吱ㄓ！」

「咦─？前面是什麼？」
「啊！怎麼有階梯？」
「來……來不及煞車了！」
「救─命─啊─」

「吱ㄓ～

「嗯ㄥˊ？」「怎ㄗㄣˇ麼ㄇㄜˊ一一回ㄏㄨㄟˊ事ㄕˋ？」
「吱ㄓ！吱ㄓ吱ㄓ！吱ㄓ吱ㄓ吱ㄓ！」

「這裡是哪裡啊？」

「吱！吱吱！吱吱吱！」

25

你ㄋㄧˇ為ㄨㄟˋ什ㄕㄣˊ麼ㄇㄜ要ㄧㄠˋ一ㄧˋ直ㄓˊ
待ㄉㄞ在ㄗㄞˋ我ㄨㄛˇ身ㄕㄣ上ㄕㄤˋ？

喵ㄇㄧㄠ～

「你㝰……你㝰別㝰以㝰為㝰救㝰了㝰我㝰，
我㝰就㝰會㝰謝㝰謝㝰你㝰！」

「吱㝰！吱㝰吱㝰！吱㝰吱㝰吱㝰！」

「嘿！貓！」

「你為什麼要救我？」

「你不是討厭我嗎？」

雖然你和吐司看起來都很好吃，

但是媽媽說過，不能亂碰別人的東西，

而且，我沒有救你啊，

是你自己飛到我頭上的！喵～

（原來如此……他真是好貓咪……）

「啊！原來不是每隻貓咪都討厭我們呢！」

「咦？旁邊怎麼那麼多貓咪？」

「難道……他們剛剛一直跟著我嗎？」

「呼～終於到家了……」

「我真是太粗心了，
沒有發現身邊這麼多貓咪，
還好貓咪不但沒有吃我，
還救了我。」

「我要做吐司送給貓咪當回禮，
好報答他們的救命之恩啊！
好！就這麼辦！」

「香噴噴！揉——揉！我愛烤土司——」

「香噴噴！塗——塗！我是烘焙師——」

「香噴噴！烤——烤！

送貓咪最香最好吃的烤土司——」

「吱！吱吱！吱吱吱！」

「偷偷放在桌子下，給他們當驚喜！」
「貓咪一定會覺得好吃到嚇一大跳吧！」
「吱！吱吱！吱吱吱！」

嘿ㄟ！嘿ㄟ！看ㄎㄢ起ㄑㄧˇ來ㄌㄞˊ真ㄓㄣ的ㄉㄜ˙很ㄏㄣˇ喜ㄒㄧˇ歡ㄏㄨㄢ喔ㄛ˙！
以ㄧˇ後ㄏㄡˋ我ㄨㄛˇ們ㄇㄣ˙也ㄧㄝˇ和ㄏㄜˊ平ㄆㄧㄥˊ相ㄒㄧㄤ處ㄔㄨˇ吧ㄅㄚ˙～

作者的話 小時候在台南家裡，由於媽媽是超級愛貓一族，加上家裡有著大大的花園，從小花園裡就養著許多的貓咪，最多可是達到20幾隻的驚人數量呢！可以說什麼花色都養過了，即使現在家裡已經沒有養貓，但那些與貓咪們一起長大的美好回憶還是深刻記憶著。

繪本裡的貓咪每一隻都是真實存在過的愛貓們，即使都當小天使了，但我把他們畫在繪本裡就會永遠陪著我囉（笑）！裡面還藏有些未完成的遺憾就靠畫圖來彌補，例如：從來沒有跟2隻愛貓一起合照過的我、還有利用孩子們的圖畫與愛貓們來個跨時空合作等……看到這裡，不妨再翻回去仔細看看除了可愛的貓咪們還藏著什麼吧！

作者簡介

MaMaMia

1988年次，台南人。
使用水性色鉛筆與油性粉彩為創作媒材，因為有2個可愛孩子開啟了繪本創作之路。

↑ 貓咪本人照片，是momo（上）跟蛋蛋（下）兩位女孩兒擔當本書主角。有在書裡看到她們嗎？